슬픔이 너에게
닿지않게

슬픔이 너에게
닿지 않게

延 series

영민

아
침
놀

그럼에도 빛이

이 세상에 두 발로 태어난 나는 늘 내가 주인공인 줄 알았다. 물론 정말 그랬다. 짜여진 각본과 만들어진 세트 안에서 움직이는 주인공처럼 해야 했던 것을 할 뿐이었다. 내가 하고 싶은 것들은 대개 하지 말아야 할 것들이었다. 유년 시절을 그렇게 흘려보내고 청년기에 접어들었을 때 나는 할 수 있는 것이 별로 없는 사람이 되어 있었다. 굳어버린 머리와 식어버린 감정으로는 무엇을 좋아하는지조차 그릴 수 없었다.

뉴스에 나오는 세상의 소식들은 진짜 같았고 그것들은 가짜인 나를 점점 밖으로 내밀었다. 이미 찌그러진 가슴에선 마른 눈물이 흐르고 있었다. 흐르는 강물보다 미지의 바다가 되고 싶었다. 일생을 떠돌아 다니더라도 그렇게 되고 싶었다.

그건 무척이나 힘든 일이라는 걸 깨닫기까지 많은 시간이 걸렸다. 원하는 대로 나를 움직인다는 건 많은 책임감을 필요로 했다. 어려운 일이기도 했지만 힘들기도 했다. 그렇게 나는 학교를 졸업하고서는 땅과 바다와 하늘 위에서 시간을 보냈고 지금 다행히도 멀쩡히 살아있다. 그래서 내가 달라졌을까.

그렇지 않다.

나는 아직도 이 세상의 주인공이다. 때론 공학도였다가 때론 작가였다가 때론 사랑꾼이 되기도 한다. 바람과 별과 비와 돌멩이와 호수, 이 모든 것을 품으면서 만들어진 자신이다. 사람들은 이런 나를 보고 이것도 저것도 아닌 사람이라 말한다. 사람들은 나에게 불안하지 않냐고 물어본다.

하지만 나는 너무나 행복하다. 내가 정말 불안했을

때 가슴에 와닿았던 문장이 있다. 맹인은 부딪히는 것이 있어야 안심이 된다고 한다. 그렇다. 우린 부딪히면서 알아가고 그렇게 사랑을 시작하는 존재이다. 그러니 너무 걱정 마시라. 그래도 외롭고 불안하다면 먼 산을 한번 보자. 눈이 오든 비가 내리든 벼락이 치든, 굳은 산은 언제나 그곳에 있다.

나는 무엇도 아닌 사람이 되었지만 누군가를 아끼는 법을 배웠고 누군가와 사랑을 했고 누군가와 이별하는 법을 터득했다. 내가 이 삶의 주인공이 아니더라도 세상은 돌아가고. 내가 이 삶의 주인공이더라도 세상은 돌아간다. 그러니 우리 모두 이 땅의 주인공처럼 살아가자. 떳떳하고 아름답고 찬란하고 우울하고 좌절하고, 그럼에도 빛이 날 우리이기 때문에. 다른 길을 걷는다고 다른 사람이 되는 것은 아니다. 그렇지만 다른 생각을 가질 수 있고 다른 세상을 볼 수 있다.

이 책 역시 내게 그렇게 왔다

소낙비 지나가듯

청춘도 지나가겠지

목차

1부. 첫눈

2부. 사랑의 형태

3부. 가장 파란 날의 무지개

4부. 겨울에 읽고 싶은 여름

너의 눈 밟는 소리가

그렇게 좋았다

어둠이 있을 때야 모든 걸 볼 수 있다는

1부

첫
눈

❄

손글씨에 마음을 담는 사람

　손 편지를 적는 아르바이트를 한 적이 있다. 손글씨가 예쁜 편은 아니지만 글에 감정을 담는 것엔 자신 있다고 생각했다. 하루 수십 개의 사연을 받아 적었다. 구구절절한 것들과 간단한 것들을 거추장스럽게 포장하다 보니 첫 문장만 봐도 그 내용을 으레 짐작할 수 있었다.

　대부분은 눈물겨운 사랑 이야기였고 풋풋한 우정 이야기였다. 어쩌다 슬픈 사연이 있기도 했지만 슬픔에서도 애틋함이 느껴지는 글들이었다. 그러던 하루, 특별한 사연을 하나 맡게 되었다. 맞춤법도 틀리고 띄어쓰

기도 엉성한 문장들이었다. 그 편지는 '사랑하는 아들 아'로 시작하는 글이었다.

틀린 단어를 또박또박 고치며 글을 이어갔다. 아들과 함께한 이십여 년의 세월에는 알 수 없는 자책과 후회가 가득했고 마지막은 왠지 모르게 슬픈, 사랑한다는 말이 적혀있었다. 손바닥만 한 편지에 이 모든 것을 담으려고 했던 흔적들. 먼저 세상을 떠난 아들에게 전하는 편지는 그 흔적들에 비해 너무 담담했다.

어머니의 사랑을 담담하게 담기에는 슬펐고, 슬프게 담기에는 어머니에게 죄송스러웠다. 어찌할 바를 몰라 그 글을 집으로 가져갔다. 그리곤 하루, 이틀, 일주일에 걸쳐 답장을 적었다.

그 답장에는 그와 어머니가 행복했던 순간들을 나열했다. 하지만 아무리 적어도 행복하지 않았다. 왜냐하면 그 답장은 부칠 수 없었기 때문이다. 이미 그의 어머니도 세상을 떠난 뒤였기 때문이다.

I have just got a new theory of eternity.
– Albert Einstein

별빛이 귀한 동네

별을 좋아한다는 그는 밤을 좋아하는 사람이고 어쩌면 어둠을 동경하는 사람이다. 암흑 속에서 별빛을 바라볼 수 있다는 사실만으로도 그의 눈은 반짝거렸다. 하지만 그는 별빛이 귀한 동네에 살고 있었다. 그곳에서는 밤을 무엇으로 구분하는지. 하긴 그곳엔 별빛을 담는 사람이 있고 별빛을 파는 사람이 있다고 들었다. 그래서 밤이 더 길다고 그가 말했다.

그 동네에서는 사랑한다는 말 대신 '별 보러 가자'는 말을 쓴다고 했다. 사람 관계에서 막 태어난 감정들을 별빛으로 녹이는 것이다. 내가 그 동네를 찾아갔을 때 그는 별을 보러 가자고 말했다. 깜깜한 언덕에서 그는 보자기로 소중히 감싼 별빛을 꺼냈다. 그렇게 가까이서 별빛을 본 건 그때가 처음이었다. 별빛에 무구한 감정을 담을 수 있다는 사실. 별 하나에 추억과 별 하나에 떨리는 목소리를.

"우리 별 보러 갈까?"

연필

가끔 연필로 글을 적는다. 심이 점점 닳아 글씨가 뭉툭해지면 묵직한 글을 적기에 좋다. 먹먹한 사람 관계라든지 머릿속으로 그리기 힘든 애틋한 사랑 같은 이야기. 칼로 연필 심을 다듬어 한껏 뾰족해진 글씨를 보면 이전의 생각들이 잘려나간 것처럼 보이기도 하지만 그에 맞는 글을 적으면 또 그만이다. 하지만 계속 잘려나가 몽땅해진 연필로 적는 글은 잘 없다. 그들에게도 말하고 싶은 이야기가 있을 텐데, 계속 깎아버리면 그것 또한 같이 사라진다고 생각한다. 그래서 연필이 마지막으로 하고 싶은 말은 고이 보관할 수 있도록 한다. 그리고는 누군가에게 편지를 적을 일이 생기면, 그 연필로 적어 같이 보낸다. 그럼 그는 마지막 순간을, 내가 아끼는 사람에게 가깝게 다가가 내 진심을 말해줄 수 있기 때문이다.

방황의 흔적들

내 인생의 무게에 대해 직접 표현하고 싶지 않다. 글을 읽는 사람들이 동정이나 연민 같은 시선으로 글을 읽어갈지도 모른다는 생각 때문이다. 나도 대부분이 겪는 사춘기를 겪었고 이야기하고 싶지 않은 가정사가 있으며 말 못 할 고민을 가지고 있다. 지금부터 내가 말하는 방황의 흔적도 특별하다고 생각해서 적는 것은 아니다.

졸업을 한 뒤 일 년 정도가 지났을 때. 나는 아직 이러지도 저러지도 못한 채 어설픈 꿈만 몇 개 그리는 중이었다. 괜한 자존심 때문이었을까, '성공하기 전까지는 절대 내 존재를 알리지 않겠다'는 다짐으로 학교 동기들과의 연락을 끊고 휴대폰 번호도 바꾼 상태였다. 유일하게 남아있는 몇 개의 단체 대화방들마저 하나씩 지워나가는데 갑작스러운 소식 한 통을 받았다.

그 길로 곧장 장례식장으로 향했다. 일 년 만에 보는 친구의 얼굴은 영정 사진 속 얼굴이었다. 여전히 해맑은 미소를 띤 그의 얼굴을 보자 참을 수 있을 거라 생각했던 눈물이 터져 나왔다. 늦은 밤, 골목에서 나오는 차를 미처 피하지 못했다고 했다. '그 차는 뭐가 그렇게 급했었을까'라는 원망 섞인 물음은 '뭐가 그렇게 바쁘다고 연락 한통 못했었을까'라는 나를 책망하는 물음으로 이어졌다. 한때 같은 수업을 듣고, 같은 밥을 먹고, 감정을 공유하던 친구는 더는 만날 수 없는 존재가 되어 있었다.

하지만 나는 그가 떠나는 길을 끝까지 지켜보지 못했다. 하나둘씩 장례식장을 방문하는 동기들에게 내 근황을 알리고 싶지 않았던 것이다. 그놈의 자존심이 뭔지. 학교 다닐 땐 공부도 열심히 했고, 하고 싶은 것들도 남부럽지 않게 했던 나였는데. 지금은 꿈 많은 백수로 지내는 것을 말하기 부끄러웠던 걸까. 항상 스스로 떳떳하자고 다짐하고 또 다짐했지만 친구들 앞에서 허황한 꿈을 이야기하는, 약 팔이 같은 내 모습이 눈앞에 그려졌다. 그래, 나는 위선자다.

그렇게 빠져나와 장례식에서 못 마신 술을 집에서 혼자 마셨다. 미지근한 라면 국물을 앞에 두고 강소주를 입으로 들이부었다. 친구의 마지막 길도 배웅해 주지 못한 자책감, 스스로에게조차 떳떳하지 못하는 실망감. 28살의 나는 그것들을 맨정신으로 감당하기 힘들었다.

'그냥 다 포기하고 고향으로 내려갈까'

생각대로 되는 건 없고, 점점 줄어드는 자신이 싫었던 내가 선택한단 건 '고독'이었다. 하루 세 끼는 사 치라며 밥을 먹는 둥 마는 둥하고, 잘 씻지도 않아 수염은 덥수룩하게 자랐다. 잠도 제때 잘 수 없었다. 환청이 들리고 헛것이 보이는 듯했다. 일주일을 넘게 두문불출하자 내 정신도 점점 어딘가로 숨고 있었다. 그러던 어느 날, 휴대 전화가 울렸다.

" 지이이이잉……. 지이이이잉……. "

휴대폰에 적힌 두 글자 '엄마'. 그날따라 '잘 지내느냐'는 엄마의 물음이 얼마나 감당하기 힘들던지. 입은 억지로 웃어보지만 자꾸만 눈물이 떨어졌다. 곧 설인데 언제 내려오느냐는 질문에 달력을 보는데, 일주일 정도 지났다고 생각했던 내 고독은 어느덧 한 달이 되어가고 있었다.

그렇게 한 달간의 방황 끝에 내가 얻은 것은

고독은 스스로 선택하는 것이고 자신과의 관계에서 비롯된다는 것.
슬플 때는 우는 게 조금은 도움이 된다는 것.
마지막으로 힘들 때 정말 힘이 되는 단어는 '엄마'만

한 것이 없다는 것.

　전화를 받고는 목욕탕을 찾았다. 묵혀있던 때를 벗기고 길렀던 수염을 자르면서 고독도 함께 떨쳐냈다. 내가 흘렸던 눈물, 내가 선택해야 했던 고독, 내가 거쳐야만 했던 방황은 누구나 겪는 것일 것이다. 앞서 말했다시피 특별하게 생각해서 주절주절 적은 것은 아니다. 방황의 흔적들을 공유하는 것만으로도 조금은 위로가 되니까. '혼자가 아니야'라는 다소 상투적인 글로, 당신의 그 고된 짐을 감히 함께 들고 싶은 내 마음을 알아주었으면 한다.

들리는 말과 듣는 말

내가 다큐멘터리 영화를 만들겠다고 하자 주위에서 들리는 말이 있었다.

"와 멋있다" 혹은 "나도 하고 싶다"

하지만 나는 그것을 "와 이상하다" 와 "그걸 왜 하지"로 들었다.

신기하게도 진심 없는 말들은 한참 고민이 많을 때 더 잘 들리는 특성이 있는 것 같다.

우린 절대 다툴 일 없을 거야

어디서부터 였는지, 언제부터였는지. 차가운 기운이 맴돌았다. 좀처럼 사라지지 않는 냉기였고 좀처럼 좁혀지지 않는 거리였다. 그는 유난히 빨리 걸었고, 나는 천천히 걸었다. 조금 기다려줄 법도 한데 같이 걷는 것도 나쁘지 않은데. 이를 표현한다는 것이 그만 그를 다그치고 말았다. 분명 온기를 빼앗긴 딱딱한 말투였지. 그러자 차가운 말이 되돌아왔다. 그럴수록 나는 더 천천히 갈 수밖에 없었다.

거리가 멀어질수록 소리는 커졌다. 듣지 않는다고 생

각해서였을까, 마음의 거리 때문이었을까. 나는 분명 듣고 있었다고 생각했는데 그도 듣고 있었을까. 이대로 가다간 침묵의 단계가 머지않아 찾아올 것만 같은 생각이 들었다. 우리의 시작과 끝을 보여주는 단계. 첫 만남에서의 어색한 침묵, 헤어짐에서의 불편한 침묵.

비를 맞는 동안은 이런저런 생각들이 사라지길 바랐다. 차라리 '아프다, 춥다, 배고프다' 같은 문장들이 더 많이 생각나길 바랐다. 빗물이 얼굴을 타고 흘러내리면, 눈물을 감추기 좋겠지만 슬픔을 감출 수는 없을 것 같다. 그와 처음 웃으며 나눴던 말이 생각난다.

"우린 절대 다툴 일 없을 거야. 그래서도 안 되고."

구불구불한 글자로 적은 사랑

삐뚤빼뚤 제대로 된 게 없다.
하나하나 모두 어긋난다.

그래도 어찌어찌 사랑이라고 적으니
그것도 사랑이라고 참, 이쁘구나.

첫눈

너 딴에는 눈이라고 흩날리는 게 아름답다

그토록 추운 날이였는데,
그래도 너를 보니 포근하다

한 겨울에 찾아온 반가운 손님은
그렇게 훅하고 지나가버렸다

그게 마치 내 청춘인 것만 같아서
너무 슬픈 하루였다

슬픈 자기소개서

　한 달 동안 작성한 자기소개서. 최종 제출 버튼을 앞두고 썼다 지웠다를 반복했다. 기다림으로 며칠 밤낮을 샜지만 결과는 탈락. '탈락'이란 두 글자를 온갖 아름다운 말로 수식한들, 먹먹함은 여전했다. 똑바로 바라보기 힘들었던 나는 그대로 노트북을 덮어버렸다.

　어디가 못나서인 걸까. 가혹한 질문에 답을 찾다 지쳐버린 나는 홀로 영화관으로 향했다. 그곳에서 펑펑 울 수 있는 영화를 골랐다. 죽음을 앞둔 남녀의 사랑은 그래도 아련했는데, 내 슬픔은 무엇인가. 눈물을 닦고 자리를 일어났다.

걸었다. 그저 내버려 두면 말라서 흔적이 남을 것 같았다. 한강을 따라갔고, 남산을 거쳐 다시 집으로 돌아왔다. 밤을 쫄딱 새버린 나는 그제서야 잠들 수 있었다. 그리곤 꿈을 꾸었다. 꽃을 품고 있던 유리병이 떨어지면서 산산조각 나는 꿈. 그 조각들을 애써 붙이는 과정에 손이 베어 피가 흐르던 나는 손을 보며 잠에서 깼다.

자기소개서를 고이 보관해뒀다. 그래도 슬픔을 보관해둘 수 있어 다행이다.

밤 없는 꿈

밤 없는 세상이었다. 깜깜하지도 않았고 눅눅하지도 않았다. 눈에 보이는 것은 온통 화려한 색의 빛이었다. 서로가 너무 강렬해 감히 눈을 뜰 수 없었다. 감아도 깜깜하지 않은 것이, 이내 무서워졌다. 어둠이 사라지자 정작 아무것도 볼 수 없다는 것.

어둠이 있을 때야 비로소 모든 것을 볼 수 있다는 게, 신기한 꿈이었다.

낯선 일상적인 것

낯선 것이 일상적인 것으로 변하는 속도는 빨랐으면
하고
일상적인 것이 낯선 것으로 변하는 속도는 느렸으면
합니다
그럼 당신에게 다가가는 속도는 아주 빠를 것이고
당신을 떠나는 속도는 아주 느릴 것입니다

쇠붙이

딱딱한 동전 몇 개를 지키겠다고 가슴 깊숙이 넣어
뒀다. 그까짓 게 뭐라고.

분수 속으로 쇠붙이를 던지는 사람들, 물속에서 나뒹
구는 동전들에 소원을 빈다. 딱딱한 것이 이렇게 꿈을
담는 존재가 되어버렸다.

나를 비루하게 만드는 건 역시나 내 머릿속 하찮은
생각들이었다. 보잘것없는 것들은 어느 순간 예술로,
고귀함으로 승화해 버리기도 하지만. 역시 나에게는 그
저 쇠붙이일 뿐이다. 지붕 사이로 드러난 뾰족한 에펠
탑이 그런 것처럼.

우리 같이 도망갈까?

아저씨는 매일같이 가방 가게 앞에 사료를 넉넉히 담아 놓았다. 지나가던 길고양이 몇몇이 야금야금 주워먹었고 그걸 가게 안에서 지켜보던 고양이 한 마리가있었다. 윤기 흐르는 노란 털을 지닌 아이였다. 그와 생김새는 비슷했지만 땟자국이 묻어있는 길고양이가 그곳을 자주 지나갔다. 이내 둘은 서로 닮았다는 걸 알았는지, 유리창을 사이에 두고 닿지 못하는 서로의 볼을비비곤 했다.

하지만 시간이 지나면서 길고양이의 발걸음이 줄어들기 시작했다. 드문드문하던 그는, 결국 모습을 감추고 말았다.

그가 떠나기 하루 전, 둘은 머리를 유리창에 오랫동안 맞대고 있었다. 얼마간 흘렀고 마침내 슬픈 눈을 보이며 길 고양이가 자리를 떠났다. 가게 안 고양이는 그의 뒷모습을 하염없이 쳐다볼 뿐이었다.

배는 부르지만 드넓은 세상을 바라만 봐야 하는 고양이와, 배는 고프지만 온 세상을 자유롭게 누빌 수 있는 고양이.

마지막 날 너에게 했던 말이 생각난다.

"우리 같이 도망가자"

늦게 핀 꽃의 아름다움

　도로를 따라 펼쳐진 꽃밭을 걷던 날이었다. 그는 저만치 떨어진 곳에서 쪼그려 앉아 무언가를 쳐다보고 있었다. 십분이 지나도록 꼼짝 않는 그가 궁금해진 나는 그에게 다가갔다. 그 앞에는 아직 펼치지 못한 꽃봉오리 하나가 있었다. 빛바랜 꽃봉오리를 신기하게 쳐다보더니, 이렇게 말했다.

　"계절을 알리는 꽃은 때가 되면 피기 마련이지만, 조금 늦게 펼치는 꽃은 뭔가 달라. 늦은 봄 마중이 더 반갑듯이, 늦게 피는 꽃은 그만한 아름다움을 간직하고 있어."

"그렇지만 사람들은 잘 몰라. 보여야 아름답다 생각하고 들려야 믿으니까. 아무도 관심 주지 않지만, 결국 이 꽃봉오리 하나가 새로운 터전을 만들 거야. 그리고 무수한 아름다움을 사방에 펼치게 되겠지."

그는 꽃봉오리 사진을 찍어갔다. 그의 뒷모습을 바라본 건 그게 처음이었다. 늘 내가 먼저 갔었는데. 우리가 살아가는 이 세상은, 무엇이 될지 모를 단단한 씨앗이 더 아름다울 수 있는 세상이다.

아름다움은 누군가가 정해주는 것이 아니니, 우리 너무 서두르진 말자. 봉오리인 시절을 까마득하게 지우고 버리고 살아가지만, 우리 잊지 말자.

충분히 늦게 펼쳐도 충분히 아름다울 수 있다.

아직, 가을

　겨울이 찾아온 걸까. 머리부터 발끝까지 야무지게 감
춘, 비둘기들이 옹기종기 모여있는 광장. 입김을 뿜는
사람들 뒤로 하늘이 높이 떠있다. 어슬어슬 어두워지는
하늘은 아직 가을 같았다.

　주머니에 손을 푹 넣고 하늘을 보며 걸었다. 겨울이
오면 아마 떠날 수 있을 것만 같았다. 그만큼 추우면 따
뜻한 남쪽으로 가기에 충분할 것이라 생각했다. 하지만
아직 겨울은 소식이 없다.

　겨울이라 말할 수 있는 겨울은 많지 않을 것 같은 생
각이 든다. 누군가의 뒷모습이 쓸쓸함이 아닌 따뜻함으

로 채워질 때 겨울이라 말할 수 있을까. 쓸쓸한 두 손을 맞잡고 싶은 날, 아직은 가을이겠다.

구름의 무게

구름 한참 아래서 위를 바라보며 구름의 소리를 들었다.

둥둥.

구름의 무게는 50만kg 라고하는데, 잘도 떠다니네.

둥둥.

내 머리속 생각들도 그렇게 잘 떠다녔으면 한다. 구름의 무게정도로.

둥둥.

하늘이 아름답다는 변명으로

새벽 2시,

　눅눅한 빗방울에 몸을 적시고 싶었다. 입속에 맴돌던
생각들을 다시 집어넣고는, 새벽 향이 좋다는 이유로
멍하니 앉아있다. 하늘이 아름답다는 변명으로 침대에
드러누웠다.

　늘 그랬다.

새벽 2시는

무언가를 해야 한다는 생각과 지친 감정들, 그것을
품고 있는 나에게 비무장지대라고 해야 할까.

축축하게 젖어있는 런던의 새벽 2시,

꼭 내 마음같이 보여

아무것도 할 수가 없다.

초록 별

햇살 드러누운 창가에 남녀 두 명이 앉아있다. 남자가 포크로 케이크를 조각냈고 여자가 조심스럽게 집어먹는다. 커피를 홀짝 마시던 남자가 먼저 말을 꺼냈다. 여자는 그의 얼굴을 한 번 쳐다보고는 수줍게 미소 지었다. 이내 둘은 창밖으로 시선을 돌렸다. 화창한 날씨였다.

남자는 이렇게 말했다.

"태양은 밝은 만큼 참 바라보기 힘든 것 같아. 그치?

그래서 한 쪽이 너무 밝으면 그 둘은 서로 바라볼 수 없는 사이가 된대.”

“난 너에게 별 같은 사람이 되고 싶어. 아주 밝지도, 그렇다고 아주 어둡지도 않은 초록 별. 그럼 서로 바라볼 수 있어서 좋겠다.”

여자는 말없이 남자를 물끄러미 바라보았다. 남자의 두 눈은 초록빛으로 반짝였다.

밤을 쓰다

    글을 쓴다는 핑계로 밤을 새웠다. 추적추적 비 내리는 새벽. 반가운 마음에 연필 심을 깎다 말고 창문을 열었다. 조용히 스며드는 빗방울에 한 시간을 흘려보냈는데 이젠 차오르는 달빛이 창문 넘어 불쑥 내 곁으로 다가온다. 가로등 불 아래엔 노란 고양이 두 마리가 사랑 이야기를 나누고 있다. 이렇게 밤이면 나는 세상 모든 것들에 사로잡히고 만다. 하지만 이런저런 낭만적인 것들은, 이상하게도 해가 뜨면 사라진다.

아직 털어내지 못한

    여행에서의 첫 설렘 같은, 혹은 지긋지긋한 사랑 같은, 그런 이야기를 그리고 있습니다

안녕

떠날 때의 두 글자가

다시 만날 때의 두 글자가 되기까지

많은 시간이 걸리지 않았으면 좋겠습니다

그럼 마음 편히 안녕이라고

말할 수 있겠습니다

우리 여기, 이별

　여느 때처럼 같은 자리에서 밥을 먹고 에스프레소를
홀짝이며 창문 밖 풍경을 바라보았다. 허옇게 이슬 쌓
인 루브르 광장을 거닐었고 베토벤 소나타 14번 1악장
을 들었다. 선율이 차분, 고조, 격앙의 과정으로 변하는
동안 알렉산드로 3세 다리를 가로질렀다. 변함없는 대
지와 하늘, 그리고 너와 나. 그 사이엔 여전히 무수한 감
정들이 있었다.

　사랑의 벽이 있는 몽마르트 언덕. 전 세계의 언어로
적힌 사랑 앞에서, 우린 포옹을 했다. 눈으로 인사하고
눈으로 이별하는 과정이 어색했는지 그저 끌어안고 있

었다. 이별을 마주하는 우리들의 자세는 한결같은 세상 속, 사뭇 다른 사건이었다.

툭하고 잡았던 손, 잠결에 기댔던 어깨. 그보다 다정 다감했던 너의 눈빛과 목소리. 억누르고 있던 감정들을 이젠 어디다 담아두어야 하나. 도무지 차오르지 않는 내 갈증은 어디서 해결해야 하나.

파리에 오면 사랑이 가득할 줄 알았는데
나갈 땐 받은 만큼 다 갚아야 한다는 사실.

사랑이 그렇게 계산적이다.

그토록 추운 날이었는데 너를 보니 포근하다

2부

사
랑
의 형
태

안녕, 안녕

헤어짐 앞에서 울지 않으려 한다. 그렇다고 익숙해진 것으로부터 떠난다는게 쉬운 것은 아니다. 사람 관계에서는 더욱 그런 사람이다. 몸짓 하나, 말투 하나에 내가 스며든다. 그래서 마지막을 슬픔으로 매듭짓고 싶지 않을 뿐이다. 누군가의 유언을 들으려 애쓰는 것처럼, 마지막 감정을 담을 수 있다면 아마 오랫동안 보관할 수 있을 것이다.

포카라에서 이들과 같이 보낸 날이 삼 주가 넘었다. 그동안 한 집에서 끼니를 같이하며 식구가 되었다. 그들이 나를 닮아가는 것처럼 나는 그들을 닮아갔다. 떠날 날이 정해지고서도 아무런 변화는 없다는 건, 벌써 가족이라는 걸까.

거짓말하고 싶지 않았다. 언젠가 다시 보자는 말은 할 수가 없다. 오늘이 마지막이라는 걸 알고 있지만, 솔직하게 말하자니 입이 떨어지지 않는다. 슬픔이란 감정을 배제하기엔 나는 아직 덜 자란 소년이다. 눈물이 한 방울 톡 떨어졌다. 이건 슬픔의 눈물이 아니다. 기쁨의 눈물도 아니다. 그냥 눈에 먼지가 들어간 것 같다.

그들의 앞길에 보탬이 되도록 남은 돈을 손에 쥐여 줬다. 그러니까 이게 그들의 축의금이기도 하고 노잣돈이기도 하다. 만약 내가 다시 돌아올 수 있다면 그때 돌려달라 말한다. 그리곤 내 가이드가 되어달라고 부탁했다. 가이드 비용으로 다시 지불하겠다며 웃으며 넘겼다.

첫 만남의 안녕과 헤어질 때의 안녕은 비슷한 듯 달랐지만, 우리의 처음과 마지막 모습은 같았다.

해맑은 웃음으로.

불면증

다들 나와 같은 마음으로 침대에 눕는걸까
아직 뜬 눈으로 천장에 그림을 그리고 있다
다시 아침이 찾아오면 까마득하게 잊어 버리겠지만
내겐 지금이 무엇이든 그릴 수 있는 시간

너를 그리는 시간

감정 감추기 연습

    나는 감정을 감추는데 익숙하다. 감정 연습을 시작하게 된 것은 일을 시작하면서부터다. 웃는 얼굴로 손님을 맞이해야 했던, 마음속 감정과 드러나는 감정을 달리해야만 했던 일을 하다 보니 어느새 익숙해졌다. 세상에는 감정을 편히 드러낼 수 있는 순간들보다 감춰야만 하는 순간들이 더 많다.

    감정을 숨기는 것을 다방면으로 잘할 때, 나는 어른스럽다고 말한다. 슬퍼도 웃을 수 있고, 웃어도 슬플 수 있는 사람. 허나 모든 어른이 그렇지는 않았다. 아버지는 감정에 솔직하셨다. 좋으면 좋다고 말하고 슬프면 슬프다고 말씀하셨다. 그 덕분인지 나는 웃음과 눈물 같은 것들을 아버지 앞에서는 숨기지 않게 되었다.

하지만 가끔씩은 감정을 감추는 것이 더 익숙할 때가 있다. 이젠 사랑한다고 말해도 될 것 같은데.

하얀 세상

남몰래 쭉 하얀 세상을 동경하며 자랐다. 기억 속 첫 장면은 함박 눈이 내리던 아파트 베란다. 작은방에서 빼꼼히 내려본 하얀 세상은 엄마품만큼 포근했다. 아빠, 엄마, 누나를 신나게 깨우던 그날, 눈부시게 아름다웠던.

눈이 올 때마다 나는 밖으로 나갔다. 발자국으로 세상에 내 이름을 새겼다. 그렇게 나는 하얀 세상을 흩트리는 재미를 알게 되었다.

탁한 마음을 하얀 세상에 풀어 놓기 시작한 것도 그 무렵이다. 그럼 내 마음이 포근해진다는 걸 너무 일찍 알아버린 나는, 눈 내릴 때마다 모닥불을 피웠다. 활활 타오르는 불꽃에 내 불순함을 집어넣었다. 그러자 시커멓게 타버린 잿더미가 남았다.

붉게 타오른다고 마냥 좋은 것은 아니었는데, 이제 하얀 세상은 기억 속 한 조각이 되어버린 것 같다. 그러니 우리 모두 하얀 세상은 그냥 좀 하얗게 내버려 두었으면 좋겠다. 지구 반대편에 있는 누군가도 하얀 세상을 동경할 수 있게끔.

귤

싱그러움의 계절이 찾아왔다. 조만간 하얀 세상이 펼쳐질 거란 소식이다. 점점 추워질 거라는 이야기고, 곧 단풍이 떨어질 거라는 소리기도 하다. 어쩌면 곧 불어오는 바람을 맞이하기 힘들지도 모르겠다. 그래도 한 지붕 아래 옹기종기 모여 귤을 까먹을 수 있다고 생각하니 마음이 조금 놓인다. 초록빛이 주황 빛으로 익어가는 계절엔 이렇게 떨어져 있는 가족들이 생각난다. 한 알씩 떼어 서로 먹여주다 보면 언제 다 사라졌나 하고 시간 가는 줄 모르는 계절.

그래서 하늘에 슬그머니 구름이 사라질 무렵이면 주

뻘뻘 흐르는 태양 빛으로부터, 떨어지는 별똥별로부터 꿋꿋이 지켜지고 있는 것들은, 돌맹이를 유심히 들여다 본 사람만 알 수 있다.

이 세상엔 가장 아름다운 돌이 존재하고 가장 아름다운 나무가 존재하지만 그건 그저 겉으로 보는 것이다.

삭막한 땅 위로 올라와 있는 돌덩이들은

그렇게 비밀을 간직한 채 오랜 시간을 보내고 있다.

그날의 나는 늦었습니다

　때를 놓치고 늦은 비가 내렸다. 땅 위에 말라붙어있던 것들이 되살아나고 있다. 꽃가루에 기침하던 산새들은 잠잠히 나무 밑에 앉아있었다. 관심도 없었던 창밖 풍경, 빗방울 맺힌 모습에 나도 젖어간다. 아무래도 기차를 놓칠 것 같다는 생각에 버스에서 내리지 않았다. 흘러나오는 노래를 한참이나 듣다 보니 어느새 종착역. 때늦은 봄비에 오늘 하루가 느릿느릿하다. 가끔은 오랜만에 보는 얼굴이 더 선명하듯이, 떠나가 버린 기차를 등지는 것도 나쁘지는 않네.

베란다에서 내려다보는 사랑

할머니와 할아버지가 두 손을 꼭 잡은채로 걷고있다
알록달록 단풍들이 만든 카펫 위로 노란 나무들이 폭죽
을 터트리고 있다

처음

항상 첫 사랑같은 처음이라면 좋겠다
가슴이 두근거리는 방향에 따라
간질간질한 매력이 있는

그렇게 너를 처음 만났다.
우물쭈물하다 망치기도 하는 처음이었다
그 마저도 매력있는 너였다

하루가 일주일이 되고
일주일이 한달이 되고

처음이 끝이 되었을 때도
그 날의 색과 온도는 또 다르다고
이건 첫 만남이라고 말하는 네가
참 매력있더라

지금은 불러도 대답없는 네가
참 보고 싶더라

밤 사냥꾼

몰랑몰랑한 감정들이 아직도 남아 있었는지 간질간질하다. 베니스에 도착했다는 신호였다. 잼 바른 식빵을 한 입 물고는 물끄러미 밖을 바라본다. 주름 자국 없는 하늘, 그 끝에서 출발한 기차를 타고 바닷속으로 빨려 들어가고 있었다.

푸른 달빛으로 물든 베니스의 밤. 그 아래서 와인을 마시는 사람이 있었고 연인과 함께 다리 위를 걷는 사람이 있었다. 꿈같은 밤이었다. 내가 사는 서울에선 밤을 찾을 수 없는데. 그래서 밤이 나를 위한 것인지도 잘 몰랐었는데.

이 나라 저 나라를 이동하다 보면, 이렇게 밤과 함께 시간을 보내야 할 때가 있다. 밤이 찾아오지 않는 나라가 있는 반면 하루가 꼬박 어둡던 곳도 있었다. 그곳 사람들은 한 달이 하루처럼 느껴질까. 밤이 짧은 곳에서는 새벽 같은 아침을 무어라 부를까.

아무도 부르지 않는 밤, 아무도 신경 쓰지 않는 밤. 오늘부터 그들의 밤을 하나씩 낚아채려고 한다. 그렇게 지구를 한 바퀴 돌고 나면 나는 아마 밤 사냥꾼이 되어 있을 거다. 고향으로 돌아가면 훔친 밤하늘 아래서, 그대와 손잡고 있을 테다.

일일 상담소

사랑이라던가 우정이라던가 사사로운 감정들에 많은 시간을 소비한다는 것이 나쁜 것이 아닌데도 떳떳하지 못했던 그 시절. 나는 벽에 대고 고민을 얘기했다. 그게 익숙해지는 나를, 나는 싫어했다. 세상이 그렇게 삭막하고 딱딱하고 하찮은 것으로 보였던 시절이 있었다.

엎치락 뒤치락거리는 숫자 놀음. 숫자와 감정 사이에 있는 치밀한 연결고리를 부숴야겠다고 생각했지만 매번 실패로 돌아갔다. 내 몸이 자라면서 같이 자라야 할 사랑, 우정 같은 것들은 저 멀리 떠나가 버렸고 그렇게 가로등 불빛 사이로 슬픈 어깨를 가진 사람이 보였다. 몰래 숨어있다 뒤에서 와락 껴안았다. 벌써 축축한 아빠의 등.

요즘은 아빠가 나를 기다리는 날이 더 많다. 여전히 가로등 사이로 보이는 아빠의 어깨는 슬퍼 보인다. 그 날이 그리운 것은 아빠의 생일 때문이 아니었나 보다. 이미 굳어버린 아빠의 슬픈 어깨가 너무 그리웠나 보다.

사랑의 형태

봄에 돋는 초록 이파리들은 여름을 보내며 무르익어 간다. 장마와 태풍을 버티다 보니 어느덧 가을. 하나가 붉게 달아오른다. 노랗게 타오르는 물결은 한동안 멈출 줄 모르고 우리 집 베란다까지 불그스름한 빛으로 물들 인다. 금세 찬 바람이 불어오고 떨어지는 나뭇잎들을 보고 있으면, 이게 끝이구나 싶다. 거리에 나뒹굴며 이리 치이고 저리 치인다. 어느새 이파리 하나 없는 가지 위로 눈이 내리기 시작한다.

그런데 겨울이 지나면 다시 새파란 물결이 차오른다. 다시, 끝임없이 반복된다.

그래서 사랑은 나무, 라고 쓴다.

내 마음의 꼭대기

연두색 물감 풀은 잔디 밭에 드러누웠다. 저기 건너편 언덕, 벚꽃나무로부터 불어오는 바람. 촉촉한 벚꽃잎이 입술을 스쳐 지나간다. 그대가 외로울 것 같아 심어뒀던 벚나무. 이젠 혼자 남아 서있다. 한껏 이쁘게 꾸며놓았던 동산. 그대 오기 좋으라고 바람 부는 언덕에 자리 잡은 것인데, 그걸 타고 떠나갈 줄은 몰랐다. 이젠 벚꽃잎을 모두 흘려보내야겠다.

그러나 그대 지치고 힘들 때면, 고갤 들어 하늘을 보았으면 좋겠다.

그대 좋아하는 벚꽃잎이 하늘에서 떠다니고 있을 것
이다. 내 마음의 꼭대기, 바람 부는 언덕에서.

화가의 꿈

화가는 팔레트에 여러가지 물감을 채워 넣었다 어떤
꿈들은 보잘것 없는 팔레트에서 태어나기도 했다

가장 파란 날의 무지개

하나 둘 셋 하고, 하늘로 퍼지는 종소리가 소년에게 말을 걸었다.

"여기서 무얼 하는 거니?"
"그녀를 기다리고 있어"

그러자 종소리는 하늘로 올라가 소년에게 구름을 건네주었다. 구름에 올라타자 호수 앞을 서성거리는 소녀가 보였다. 하지만 너무 높이 올라간 나머지 다시 내려갈 수 없었던 소년은 소녀 앞에 무지개를 펼쳐 보였다.

그러나 소녀는 파란 하늘에 떠있는 무지개를 쳐다볼 뿐 올라오지 않았다. 그때부터 사람들은 무지개를 비가 온 뒤 펼쳐지는 환상이라 믿기 시작했다.

입술

너와 나의 입술색이 다르듯이

내가 너를 필요로 하듯이

그래서 사랑이란 걸 할 수 있듯이

문갑도

　섬* 사람들은 이방인을 낯설게 대하지 않았다. 그저 여긴 무슨 생선이 잘 잡힌다며 이런저런 이야기를 늘어 놓을 뿐이었다. 나는 단 한 마리의 고기도 낚지 못한 채 몇 시간 동안 이야기를 들어주어야만 했다. 대신 파란 풍경을 낚을 수 있었다.

　언덕을 오르다 마주친 분은 자연스럽게 섬 이야기를 꺼내셨다. 그러더니 나를 꼭대기에 데려다 놓았다. 한 눈에 섬을 내려다볼 수 있는 곳이었다. 그는 창밖의 파 도를 보는 것으로 하루를 시작하고 파도를 맞는 것으로 하루를 끝내고 싶다고 말했다. 파도는 때론 매몰차게 보이기도 하지만, 또 그만한 아름다움이 없다고 했다.
두 눈에 비치는 파도, 언제 저렇게 잔잔해졌나.

"자네 꿈은 무엇인가. 파도처럼 가혹해 보이기도 하
지만 아름다운 것 말일세."
한참을 고민하던 나는 입속에서 맴돌던 단어들을 내
팽개치고는 모르겠다고 답했다.

"아무것도 없이 여기까지 온 것만으로도 이미 꿈을
향해 나아가고 있는 것이 아닌가?"
말없이 고개를 떨궜다.

"어부들은 파도를 두렵다고 생각하지 않네, 가혹했
던 시간들만큼이나 세상을 품을 수 있는 시간을 주거
든. 저 드넓은 바다를 보게나."

---

* 문갑도는 인천에서 배를 두 번 타고 갈 수 있는 섬이다. 80여 명의 사람이 살고
가구로는 60가구 정도 되니 몇몇은 혼자서 사는 고독한 섬이다. 들어가는 배는 하
루 두 번, 나오는 배는 하루 한 번, 아침에 있다. 그마저도 기상에 따라 며칠 배가
뜨지 않을 수 있다. 들어오기도 나가기도 쉽지 않은 내 마음같은 섬이다.

3부

가
장

파
란

날
의

무
지
개

해야 할 때와 그만두어야 할 때

　알싸한 배추 향과 고춧가루의 매운맛이 입안에서 골고루 맴돈다. 미지근한 김치찌개를 먹으면서 머릿속으로는 다음 해야 할 일들을 떠올렸다. 식탁 옆 바구니, 수북하게 쌓여있는 수건들. 다시 김치찌개를 크게 한입하고는 창밖을 바라보았다. 나뭇잎 사이로 드문드문 지나가는 사람들. 태양은 아주 높지 않은 거리에서 눈부시게 내리쬐고 있었다. 남동쪽으로 길게 늘어진 그림자. 나는 자리에서 남은 김치찌개를 마저 먹었다.

　시계를 안 본 지 3일이 지났다. 시간에 허둥거리던

이전 내 모습을 멀리하고 싶기도 했고, 시계 없이 지낼 수 있을지도 궁금했다. 조금은 게으르고 싶은 마음과 서둘러 일을 해야 되는 마음의 중간쯤에서 나는 타협했다. 일상이 망가진다면 다시 시계를 보는 것으로 돌아가겠다고.

하지만 아이러니하게도 일과 휴식이 적절하게 균형 잡기 시작한 것은 시계를 찾지 않은 뒤부터였다. 대신 나는 창밖의 풍경을 보며 일을 해야 될 때와 그만두어야 할 때를 정했다. 빛의 세기와 온도 같은, 애매하다면 구름의 짙기나 태양의 위치로 구분했다. 그래서 매번 정확한 시각에 일을 시작하고 끝낼 수는 없었다. 오늘같이 늦은 아침을 먹게 되면 조금 늦게 일을 시작하기도 했다. 흔히 '규칙적'이라 생각하는 시간의 틀에서 벗어나 '불규칙적'인 범위에 들어선 것은 내 일상에 작지만 큰 변화를 가져다줬다. 청소하다 어디선가 흘러나오는 클래식 음악을 따라 움직이는 나를 발견하고, 차를 마시다 향기에 취해 잠드는 나를 좋아했다. 일하는 건지 여유를 부리는 건지 모호한 시간 사이에서 나는 한

참을 뛰어놀 수 있었다.

시곗바늘 숫자에 나를 맞추던 날들. 그날보다 균형 잡힌 일상이 될 수 있었던 건, 한편으론 내 마음을 잘 읽었던 덕분이란 생각을 한다. 무언가를 시작하기 위한 적당한 때는 시계가 아닌 마음을 들여다보고 정하는 게 좋다. 그래도 어렵다면 한 번쯤 주위를 둘러보는 것도 나쁘지 않다.

영국을 떠나고서도 한동안 시계 없이 생활했다. 주변의 분위기에 따라 밥을 먹고, 글을 쓰고, 고향에 내려가기도 했다. 따스한 날이면 공부하는 시간을 줄이고 한강을 따라 자전거를 타는 것. 그러면 적당히 달콤해진 유자차 같은 날씨에 몸을 녹이기 딱 좋았다.

거절에 관하여

거절을 잘하는 방법이 있을지 궁금했다. 책을 찾아보고 인터넷 검색창을 두드려봐도 답이 나오지 않자 거절을 연습했던 기억이 있다. 하지만 아무리 연습해도 익숙해지지 않은 것이 거절이었다. '잘하는 것'이 한편으로 '무뎌지는 것'이 아닐까라는 결론을 내린 채 마무리 지었지만, 막상 거절해야 하는 상황이 생기면 또 스스로 물음을 던지게 된다. 그렇다고 이 고민은 거절하는 사람에게만 해당하지는 않을 것. 거절을 당하는 쪽에서도 마찬가지라 생각한다. 상처의 무게를 측정할 순 없지만 분명한 것은 서로가 얼굴을 붉히게 된다는 것이다. 그럼에도 하루에 몇 번씩 생겼다가 사라지는 거절은 모순적이다. 그냥 '이 세상은 알 수 없는 것으로 가득하다'고 마무리 짓는 것이 편하겠다. 다만 마음 같아선 경고문 같은 것을 적어 놓을 수 있다면 좋겠다.

'필자는 거절에 능숙치 않으니, 다가오시는 분들은 필히 주의해 주십시오'라고.

죽음의 죽음

별똥별이 떨어졌고 그가 떠났다. 떠날 때가 된 거 같다며 단 한 번도 귀띔조차 주지 않았는데. 빠르게 흐르는 강물은 내 울음소리를 비웃듯이 삼켜버렸다. 돌이킬 수 없는 시간과 돌아올 수 없는 그에게 눈물을 흘리자니 원망스럽고, 원망하자니 남은 심장이 말라비틀어질 듯하다. 가득한 숨을 꾸역꾸역 참고 있지만 아무 말도 할 수 없는 것이, 차라리 죽었으면 하는…… 못다 한 이야기를 끝맺을 줄 알았건만 기다림이 원망으로 바뀌는 시간이 한참 지나고, 지구를 한 바퀴 걷는 동안에도 좀처럼 끝나지 않는 이야기였다. 그 이야기는 사랑이었던가, 우정이었던가, 동경이었던가.

　그가 떠났던 방향으로 길게 길게 글을 쓰다 쉼표 대신 마침표를 찍었다. 죽음이 죽었으면 하는 생각으로.

마음의 모양

　난민 친구 한 명이 있다. 호스텔에 지내면서 알게 된
그는 티베트 사람이면서 네팔 사람이었다. 더 이상 갈
수 없는 고향이 티베트이고 지금 살고 있는 곳이 네팔
이었다. 그의 이름은 카마. 작은 수도원에서 태어난 카
마는 호스텔 주방 옆 작은 쪽방에서 먹고 자고 했다. 홀
어머니를 남겨둔 채 호스텔에서 지내는 이유가 궁금했
지만 나는 묻지 않았다. 십만 원 정도의 월급을 보니 묻
지 않을 수 있었다.

　은은한 미소를 머금고 있는 카마를 좋아했다. 한 번
은 그에게 긍정적인 태도를 유지할 수 있는 방법이 있

는지 물어 본 적 있다. 그는 내적인 것으로 마음의 안정을 찾을 수 있다고 답했지만, 그때 나는 무슨 의미인지 알지 못했다.

호수가 달을 품고 있던 밤. 구름 없는 하늘, 나는 잔잔한 달빛을 쐬러 옥상에 올랐다. 그곳에서 기도를 하고 있는 카마를 보았다. 옆에는 이름 모를 책 하나가 놓여 있었다. 표지에 있는 달라이 라마 사진. 인기척을 느낀 그는 인사를 하고 책을 한 구절씩 소리 내며 읽어갔다. 한참을 듣다 나는 눈을 지그시 감았다.

누군가를 만날 때마다
언제나 나 자신을
가장 미천한 사람으로 여기고
내 마음 깊은 곳에서
상대방을 최고의 존재로 여기게 하소서

그렇게 몇 번을 더 옥상에서 카마와 마주쳤다. 그때마다 그 옆에는 달라이 라마 책이 놓여있었다. 밥을 먹을 때도 브루노 마스 노래를 들으며 청소를 할 때도 카마는 책을 지니고 있었다. 잠들기 전까지 손을 놓지 않는 그 책이 나는 궁금해졌다.

"카마, 이 책을 들고 다니는 특별한 이유가 있어?"

카마는 그저 웃을 뿐, 같이 명상을 하자고 말했다. 처음엔 기도문을 기억하지 못한다고 둘러댔다. 하지만 그는 계속 졸랐다. 그러더니 어느샌가 나도 같이 눈을 감고 문장을 읊고 있었다. 30초가 1분이 되고, 1분이 10분이 되는 시간은, 생각보다 짧았다.

호흡을 맞추며 문장을 외우던 시간 동안은 아무 생각도 나지 않았다. 그렇게 한 달을 보냈을까. 특별히 달라지는 건 없었다. 그런데 이상하게도 잠자리에만 누우면 읊었던 문장들이 떠올랐다. 지난 내 모습과 생각들이 눈앞에서 아른거리며 깊은 생각에 빠졌다. 그러다 몽상을 쫓기도 하고 때론 구름 속을 헤엄치기도 했다.

얼마 남지 않은 그의 생일, 나는 조각 케이크를 하나

샀다. 케이크 앞에서 어쩔 줄 모르는 카마. 감추려고 하지 않는, 감출 수 없는 감정이 좋다. 그가 초를 불기 앞서 나는 빌었다. 그가 웃는 날 만큼 앞으로 웃을 날도 많기를.

여기서 제일 가까운 바다는 어디인가요?

여행을 떠난다는 건 바다를 만나러 가는 것이다. 바닷바람으로 도시 냄새 씻겨버리고 멀리 보이는 수평선에 잡다한 생각들 띄워보낸다.

바다와 마주 앉아 찬 맥주 따르면 지나가는 새들이 부러워 쳐다보고 파도 소리에 까마득하게 취해 있다보면 어느덧 해는 저 너머에.

분홍빛으로 물든 하늘, 카메라에 담지 않고 남겨둔다. 그럼 미련없이 떠났다. 언제든 돌아올 수 있다.

"여기서 제일 가까운 바다는 어디인가요?"

식탁에 놓인 노을

홀로 앉은 식탁에 참새 한 쌍이 찾아왔다. 서로 속닥거리는 소리가 나에게까지 들렸다.

"곧 시작할 거야. 눈 감고 조금만 기다려 봐"

그러더니 둘은 식탁 모서리에 자리 잡았다. 뭔가 싶어 그들이 바라보는 곳으로 시선을 돌렸다.
하나, 둘, 셋 하고 해가 떨어지더니 하늘이 붉게 물들기 시작했다.
분홍빛이 식탁까지 들어오면서 서로 짹짹거리는 게

너와 처음 마주했던 순간 같았다.

그날의 식탁에도 붉은 노을이 올라와 있었다. 나는 변했지만 여기는 그대로인 것 같다.

메소드 연기

　마지막 학기를 남겨두고 연기 수업을 수강했다. '메소드 연기'라는 연극 영화과 전공 수업. 취직 준비에 바쁜 친구들은 도서관으로 향했지만 나는 예술 문화대학 연습실로 향했다.

　첫 수업, 나는 떨리는 목소리로 자기소개를 했다. 뭐라 말했는지조차 기억나지 않을 정도로 내 심장이 빠르게 뛰었다. 교수님께서는 매번 두근거리는 상황을 제시해 주셨고 나는 대체로 마지막 타자였다. 무대에서는 솟구치는 감정을 주체하지 못해 눈물 흘리는 사람도 있었고 상황을 익살스럽게 풀어나가는 사람도 있었다. 그렇게 매주 금요일은 가슴 뛰는 날이 되었다.

중간고사로 나는 나를 망가뜨릴 수 있는 배역을 선택했다. '노트르담의 꼽추' 콰지모도. 밤마다 수건을 둘둘 말아 등에 넣은 채로 뮤지컬을 보았다. 그렇게 한동안을 등이 굽은 채로 지내자 나는 점점 느린 사람이 되어갔다. 감정과 주변을 살피는데 짧게는 몇 시간, 길게는 하루 종일이 걸리기도 했다.

둔한 몸뚱어리와 흉측한 얼굴, 하지만 꼿꼿이 노래하는 콰지모도에게 끌렸던 건, 분명 외모 때문은 아니었다. 숨기지 않고 그대로를 보여주려는 그의 의지가 탐났던 걸지도. 그가 세상을 향해 내뱉은 말은, 꼭 나에게 하는 말처럼 들렸다.

"너는 내게 세상이 어두운 곳이라고 가르쳐줬지만 이제 보니 어두운 건 바로 너였어"

시험이 끝나고 밖으로 나오는 길, 정원에 가득 쌓여 있는 낙엽들.

나뭇잎 하나가 바람을 타고 훨훨 떠나가고 있었다.

동화

등산을 하다 길을 잃어버렸다. 눈앞에 있는 허름한 벤치에 널브러졌다.

발밑으로 불쑥 솟아있는 잔디가 나를 쿡쿡 찔러댔다. 앞 들판에서 불어오는 바람은 날 쓰담고 지나가다 모자를 저 멀리 날려버렸다. 고개를 위로 젖혀보는데 둥근 구름이 나를 감싸기 시작했다. 곧이어 시작된 뱁새들의 지저귐.

갈팡질팡하던 산에서 시작된 동화 한편. 나는 멍하니 한 시간을 흘려보냈다.

그가 남기고 간 둥근 달

　이곳에 보름달이 떴을 때, 그는 떠났다. 한국에 있는 가족들을 만나러 갈 것이라고 말했다. 그래 추석이겠지. 한자리에 모여 오순도순하겠지. 마지막으로 그의 두 손을 잡을까 하다 그만뒀다. 배낭 가득 메고 있는 그의 어깨는, 비어있는 내 어깨보다 홀가분해 보였다. 그가 떠난 자리를 나는 오랫동안 떠나지 못했다.

　그와 처음 마주한 날, 같은 꿈을 그릴 수 있는 친구라고 생각했다. 잠들기 전 남루한 천장에 비상한 꿈들을 나열하다 지치곤 했지만 같이 버티던 영혼이었다. 그랬던 그가 점점 불가능을 말하기 시작했던 건 내겐 슬픈 일이었다. 우리 관계가 갈라지고 부서지는 시간은 첫 만남의 순간만큼 짧았다. 달콤한 시간은 10분 남짓한데 씁쓰름한 맛은 왜 이렇게 길던지. 무너진 관계가 이토록 아련한 것인 줄 미리 알았더라면 시작하지 않았을까.

그래도 차오르는 미소는 나의 어쩔 수 없는 본성인지 거참. 그런 나를 싫어했을 수도 있겠다. 하지만 꿈을 싫어하지는 말았으면 했다. 언제였더라, 꿈에서 울고 있던 나. 왜 그러냐고 묻자 꿈에서조차 꿈을 꾸지 못한다고 했었지. 꿈이 슬펐는지 현실이 슬픈 건지, 아니면 원래 슬픔 꿈을 가지고 있었던 건지.

둥근 달을 따라 걸었다. 달빛도 둥글게 비친다. 내려놓는다는 게 이렇게 둥근 일일 줄이야. 데굴데굴 굴러가는 내 마음, 어디로 향하는지 종잡을 수 없지만 그냥 내버려 두고 싶다. 그래 이젠 자유롭다. 날 수 있을 것만 같다는 생각에 달렸다. 높이 날고 싶은 생각은 아니었다. 그냥 좀 훌훌 털어버리고 싶었다.

눈으로 만들어진 사람

하늘색 눈이 있다면 하늘과 땅은 같은 공간이 될 것만 같다. 그럼 눈사람이 여기저기서 뛰어놀기 좋겠다.

눈 내리는 아침, 동네 꼬마들이 놀이터에 모여있다. 눈 덩이 하나 굴려 덩어리 만들고 나뭇가지 옆에 붙이는 게 영락없는 눈사람이다. 눈뭉치 던지다 눈사람 뒤로 숨는 모습이, 꼭 내 어린시절 같다.

내가 처음 만든 눈사람은 내 키보다 훨씬 컸다. 일주일 지나도록 녹지 않았다. 하지만 아차 싶어 되돌아보면 그는 이미 사라지고 없었다. 걷다보면 그의 흔적들을 찾을 수 있었다. 도처에 펼쳐진 개나리와 초록물결들…… 그가 지나간 자리엔 봄이 찾아오곤 했다.

이곳에 홀로 남겨진 눈사람도 아이들에게 잊혀질 때즈음 떠날 것이다. 그럼 지구 반대편에서 나타나겠다. 그렇게 빙빙 돌아다니다 나와 마주치면 놀라지 않았으면 한다.

너는 알고 있을까.
눈사람은 녹아내리는 것이 아니라, 기나긴 여행을 하고 있다는 걸.

그래 오늘만 날이 아니잖니

슬픈 말이었다. 슬픈 말과 아쉬운 말은 어느 정도 구분할 수 있다. 참지 못할 정도라면 슬픈 말, 참을 수 있을 정도라면 아쉬운 말. 이미 예정된 일이었음에도 슬펐던 이유는 내 눈이 더 잘 알고 있을 거다. 눈물은 참는다고 참아지는 게 아니니까.

이탈리아에 처음 도착한 날 그가 마중 나와 있었다. 한 번의 비행을 하고 두 번의 기차를 타고 뚜벅뚜벅 걸어 외딴 광장에 도착했던 날. 그날따라 짐은 얼마나 무거웠는지. 배는 또 얼마나 고프던지. 한없이 작을 때 그곳에서 그를 처음 만났다. 실제로 그는 키가 컸다. 인사

대신 포옹을 먼저 했던 그는 마지막에도 인사 대신 포
옹을 했다.

　몬차의 에스프레소를 처음 내려준 날, 쓴맛을 잘 음
미하라던 그에게 나는 인상을 찌푸렸다. 유독 썼다. 쓴
맛과 신맛과 무슨 풍부한 산미라고 했던가. 흘려듣고는
크루아상을 한입 물었다. 달달함이 쓴맛을 삼키는 동안
푹신한 질감이 그의 덩치만큼 푸근했다. 그는 마지막까
지 에스프레소를 정성스럽게 내려주었다.

　그의 집을 방문한 날, 아기를 사랑스러운 눈빛으로
바라보았다. 두 눈이 닳도록 쳐다본 탓에, 그날은 하루
종일 먹지 않아도 가득한 하루였다. 마지막에도 나의
두 눈동자엔 무언가로 가득 차 있었다.

　뿌옇게 흐려지는 시야. 그의 마지막 말이 생각나서
지키지 못할 것 같다는 생각에. 멀리서 손을 흔든다.

'오늘만 날이 아니잖아. 다음에 보자'

쓸모없는 것

나오지 않는 볼펜, 너덜너덜한 책, 때묻은 펭귄 인형. 어디서 난 건지도 모를 추억들이 방구석을 돌아다닌다. 쓰레기 봉지를 펼치고 하나씩 담는 동안 그때를 떠올린다.

밖은 차가웠지만 안은 따스했던 날. 펭귄 인형을 건네며 웃는 너의 얼굴에 내 볼은 발그레 졌었다. 너를 만나러 가는 길은 그것만으로도 행복했던 날이었는데.

한땐 따끈했던 기억들.

쓸모없다는 건 누군가로부터 잊힌다는 것일까. 집 청
소를 핑계로 기억의 조각들을 하나씩 맞춰갔다.

기억의 곳간

일부러 만원 버스를 탔다. 허수룩한 손잡이와 삐걱거리는 의자는 이미 반듯한 새것으로 교체되어 있었다. 투명한 창에 비친 내 얼굴은 아직 고등학생인데, 벌써 스물하고 아홉 살. 버스 안에서 소녀를 짝사랑했던 한 소년은 어느덧 철없는 청년이 되어있다. 그녀의 모습이 떠오르면서 발그래지는 내 얼굴.

버스가 종착역으로 향하는 내내 기억의 곳간에서 조각들을 하나씩 꺼낼 수 있었던 기억.

'참 빠르구나'

해가 넘어가고 떠오른 별, 그 주변으로 빠르게 지나
가는 풍경들에 손을 뻗어본다. 순간에도 고유한 결이
있다는걸, 조금 더 일찍 알았더라면 어땠을까. 그럼 내
기억의 곳간은 좀 더 풍요로웠으려나. 버스를 함께 타
고 있는 이들에게 어린 학창 시절의 나에게도 그것을
친절하게 알려주고 싶은 밤이다.

감각의 여백

　옥상에서 내려본 마을. 쿠바만큼 화려한 색상보다는 파스텔 톤의 건물이 슴슴한 매력이 있다. 호숫가에서는 강아지들이 너스레를 떨고 뒤편으로는 야트막한 산 능선을 따라 새들이 활강하고 있다.

　무지갯빛으로 내리는 햇살. 고즈넉한 뜰에 앉아 멍하니 바라보니 나도 모르게 알딸딸해진다. 들이쉴 때마다 올라오는 호수 내음, 감을 때마다 들려오는 바람 소리. 후각으로 보는 세상은 여름철 달콤한 솜사탕처럼 포근하다면, 청각으로 보는 세상은 여름밤 철썩이는 파도같이 시원하다.

　자연의 소리를 차단하고 전자 음악을 들었던 시절이
있다. 귀에는 이어폰을, 눈에는 렌즈를 끼고 다녔다. 그
러자 들려오는 것은 이명이었고 점점 나빠지는 것은 시
력이었다. 어찌 나는 자연스러움을 추구하면서도 자연
과는 멀어지려고 했던 걸까.

　나는 오랜만에 만난 호수에서 오랫동안 눈을 감고 있
었다. 지난날의 내가 보란 듯이, 감각의 여백이 주는 무
언가를 천천히 그리고 조금씩 느끼고 있다.

눈빛으로 시작하는

먼저 다가가지도 먼저 다가오지도 못하는 손짓. 우린 그다지 어색하지도 친하지도 않은 사이였지. 너의 둥근 눈동자엔 푸른 유리 조각들이 떠다니고 있었고 나는 그런 눈을 마주할 수밖에 없었다. 그래도 말은 하고 싶었다. 사춘기 소녀처럼 눈빛으로 시작하고 눈빛으로 마무리하는, 그런 날들이 이어졌다.

몇 번 틀렸다 돌아오기를 반복하면서 말이 되었다. 가장 좋아하는 장소는 어디인지 물으면 슬며시 자기가 좋아하는 장소로 데려가 주기도 했다. 이토록 말이 통

하지 않으면서도 마음이 통할 수 있다는 게, 사랑이었던 걸까.

멀게만 느껴졌던 시간들을, 눈빛으로 조금씩 당기고 있었다.

너에겐 햇살과 술래잡기하던 넓은 터전이 있었을거다. 나에겐 그런 터전은 없지만 너를 가득 끌어안을 수 있는 마음이 있다. 그러니 어서 나를 그곳으로 데려다 주었으면 좋겠다. 그러면 말없이도 너를 편히 껴안을 수 있을 것 같다.

너도 그렇게 날 그리워했으면 좋겠다.

기우제

하루에 사계절을 모두 볼 수 있는 곳, 금요일 비가 주말을 채우는 곳, 런던이다. 우산을 쓰지 않고 안개 낀 런던 브리지를 걷는 사람들. 이유를 물은 적은 없다. 무덤덤하게 비를 맞으며 걸어가야 할 것만 같은, 비 내리는 오후. 나는 창틀에 반쯤 기대어 젖은 우산들을 하나씩 펼치고 있다.

반나절이 지나도 마르지 않는 이불, 계단 틀에 거추장스럽게 매달려있다. 비 소식을 미리 알 수 있다면 좋았을 걸 하는 한탄도 잠시, 예측할 수 없는 날씨에 영국

인들이 우산을 포기한 게 아닐까라는 생각이 든다. 부침개 굽는 소리가 주방에서 조금씩 세 나오고 이윽고 김치전의 맵고 달콤한 향이 올라온다. 그것을 등지고 아직 밀린 청소를 하고 있었다.

그럼에도 비 오는 날이 싫지 않은 이유는 젖은 땅만큼 촉촉해진 감성 때문은 아니다. 김치전 때문은 더더욱 아니다. 이상하면서도 사소한 기분 좋은 일들이 생기곤 했다. 매번 그런 건 아니지만 어쨌든 비를 반길 이유가 생겼다는 것. 그것도 좋은 일이라면 좋은 일이겠다.

기우제를 지냈다. 배운 적도 해본 적도 없는 나는 그저 비의 이름을 부르는 걸로 시작했다. 탈 없이 지나갔으면 해서 붙여지는 태풍의 이름과는 반대로 좋은 일을 가져다줬으면 해서 붙인 이름들. 떠오르는 생각이나 고민이나 때론 사랑하는 이의 이름을 붙이는 경우도 있었다.

기우제가 통했는지 묻는다면 반은 그랬고 반은 그렇지 않았다. 그랬다고 대답해도 아주 틀린 말이 아닌 것은 어쨌든 비는 내렸으니깐. 그렇지 않다고 말한 것은 더이상 좋은 일은 일어나지 않았기 때문이다. 추적추적 내리는 비가 그치고 고인 빗물이 다 마를 때까지 기다려봐도 헛수고라는 걸 깨달았다. 이젠 더이상 비를 기다릴 이유가 없었다.

빗방울이 흩뿌리던 어느 날. 우산을 들었다 놓았다 고민하다 그냥 맨 손으로 나왔다. 홀홀한 빗방울이 마냥 짓궂게 나를 괴롭히지는 않았다. 눅눅한 냄새와 축축한 바닥, 첨벙첨벙 물장난 치는 꼬맹이들. 비 맞으며 걷는 영국인들의 뒷 모습은 왠지 모르게 가벼워 보였다. 나는 떨어지는 빗방울을 한참동안 맞고만 있었다. 그냥 바라보고 싶었던 거다.

짝사랑

그대의 손을 꼭 잡고 걷는 날에는
거리에 꽃들은 그냥 지나쳐도 좋았다

파도 앞에 고인 눈물

똑똑똑 하고 두드리면
누구인지 묻지말고
나를 가득 안아주었으면

그대의 꽃밭에 꽃이되어
은은한 향기를 풍기고 싶다

오후의 먹구름

돌아보니 여기저기 마음의 상처가 너무 많이 나있다
내가 잘못한 걸까 세상의 장난인 걸까

오후에 먹구름이 스멀스멀 몰리더니 비가 내리기 시
작한다
우산도 없이 하하호호 웃으며 잘도 걸어가는 학생들
을 보니
아마 내 생각이 잘못된 것 같다

나만 알고 있는 것

　　네가 좋아하는 향을 알고 네가 사랑하는 영화 대사를 기억하고 네가 눈물 흘렸던 글을 알고 있다. 우리 사이에 비밀이 있다면 나의 술버릇 정도. 그렇게 너는 나의 술 버릇을 마냥 좋아해왔었다. 하지만 사실 내 술 버릇은 만들어진 것인데. 네가 좋아했으면 해서 문득 기대기도 하고 아뿔싸 술잔을 엎지르기도 했지. 그렇게 감춰져있다는 사실을 모른 채로 너는 내 술잔에 술을 계속 따랐지. 하지만 나는 술을 잘 마시지 못한단다. 너한테는 차마 말하지 못하겠더라.

술잔을 기울이는 만큼

너와 나의 거리가 가까워질 것만 같았다.

목소리에 사랑이 없다는 걸 아는데도

   (네 목소리에 사랑이 없다는 걸 아는데도. 그걸 모른 채 한다면 나는 사랑을 하고 있는 것인가.)

   너를 쓰다듬고 싶지만 참을 수 있다. 아프지만 아프지 않다고 말하는 것도 괜찮다. 이게 내가 사랑하는 방식이라면 어쩔 수 없다. 그렇게 모난 자갈처럼 이리 치이고 저리 치이며 닳아간다. 하지만 상처의 이유를 나에게서 찾는다면 나는 답을 모른다고 말할 수밖에 없다.

근데 이거 하나가 참 슬프다. 네 목소리에 사랑이 없다는 걸 아는데도, 그걸 모르는 척 바라보아야 한다.

나를 한 조각씩 만드는 과정

한참을 서성거린다.

'호수는 생각을 담기에 충분히 깊을까'

같은 질문들이 나를 오도 가도 못하게 한다.

그러다 '호수' '물결'같은 스쳐 지나가는 단어를 몇 개 붙잡아 둔 덕분에 글을 마칠 수 있었다.

그렇게 적은 쪽지들이 벌써 한가득.

꽉 찬 문장들을 보는 것만으로도 그때를 떠올릴 수 있다는 사실.

우리 세상도 크게 다르지 않아

정성스럽게 포장한 빵들은 가방 안에서 죽임을 당했을 것이다. 계속된 폭우로 이미 도로의 형태는 사라져 버렸다. 차선 구분 없이 오가는 차량들, 가까운 거리를 멀게도 왔다.

짙은 풀벌레 소리는 강원도 산골의 소리와 다를 바 없었다. 천을 따라 길을 올라 도착한 작은 상점. 이마에 맺힌 땀방울이 툭툭 떨어지는데 가이드가 다급하게 손짓했다. 아낙네 발등 위, 진흙이 꿈틀거리고 있었다. 작은 거머리가 빨아들이는 힘은 상당히 거칠다. 험한 길에서 살아가고자 하는 의지가, 물고 있는 거머리의 뒷

모습에 보였다.

가이드 지팡이 끝에 달린 소금 주머니를 대자 '톡'하고 떨어지는 거머리. 고꾸라진 모습이 죽었다는 모습인 양 더 이상 움직이지 않는다. 그러다 빗방울에 맞아 다시 꿈틀거리는 모습이 왠지 모르게 다행이었다.

'그래 정신 차리고 일어나야지'
나에게 하는 말인지 거머리에게 하는 말인지.

금세 물바다가 되었다. 웅덩이에 엉켜있는 거머리들. 풀잎에 있던 거머리가 나를 향해 뛰어드는 장면은, 마치 내가 세상에 뛰어드는 것만 같다. 운 좋게 피를 빨다가도 죽임을 당하는 것, 매몰차게 버림받는 나. 세상 천지에 거머리가 있지만 어디에도 달라붙지 못하는 모습이 이내 안타까워진다.

산을 오르면서 불어튼 발바닥은 아프지 않았다. 한 치의 양보도 없는 세상이지만 그냥 이대로였으면 좋겠다. 거머리가 우리를 독식했던 시간만큼 우리도 세상을

독식할 수 있을 것만 같다는 생각에. "너희 세상과 우리
세상은 크게 다르지 않아."

달콤 쌉쌀한 맛

에스프레소의 쓴맛 뒤에 달콤한 크루아상을 먹는 이
유를 인생에서 찾았다. 쓴 맛 뒤에 오는 달달함 때문일
거라 추측했지만 그렇지 않다. 둘은 묘하게 닮은 구석
이 있다. 써야 달 수 있고 달아야 쓸 수 있다. 쓴 인생도
달콤한 인생도 모두 우리 인생인 것처럼.

그렇다고 너무 쓰지는 않았으면 한다.
달콤 쌉쌀한 맛 정도로.

그날의 풍경

　한 뙈기의 땅에서 자란 것들은 한결같이 여린 것들이었다. 허브 잎을 따다 딸려 온 듯, 이름 모를 씨앗 하나가 보였다. 이름을 붙이자니 곧 죽을 것 같아 다음 날 화분에 심었다.

　일주일이 되던 날, 그는 초록 줄기를 드러냈다. 시골 강아지처럼 쑥쑥 자라는 것이, 들판에서 뛰놀 수 있도록 농장에 옮겨 놓았다. 그때 그만두었어야 했는데. 태풍 소식이 들려오기 시작했다. 바깥세상에도 복잡한 내 마음에도 한동안 깜깜한 날들이 이어졌다.

땅이 굳기 시작할 때, 다시 농장을 찾았다. 나무 더미 사이로 보이는 축 늘어진 줄기. 가까이 가보니 이파리 사이로 붉그스름한 것이 보였다. 자그마한 꽃망울이었다.

　'그토록 버텼던 이유가 꽃봉오리라고 생각하니, 너도 나와 크게 다르지 않구나.'

　하지만 떠날 날이 다가올수록 그는 점점 시들어갔다. 그게 참 내 마음 같아서 추운 나날들이었다.

뒤로 감기

오래된 카세트의 시작 버튼을 누르는 순간, 햇살이 내렸다. 스피커 틈 사이로 잡음 섞인 노래가 흘러나온다. 곡이 끝날 때까지 창가에 앉아 커피를 홀짝였다. 3분이 지나고 뒤로 감기 버튼을 눌렀다. 햇살 뻗던 그때로 되돌아간다.

내 인생에도 뒤로 감기 버튼이 있다면 나는 무엇부터 되돌리고 싶을까.

그에게 다가가는 시간

농장 일을 하다 보면 그가 나에게 먼저 다가오는 경우가 많았다. 하루는 밀짚모자에 꿀벌 한 마리가 앉아 나를 구경하고 있었다. 소리 없이 자리를 떠나려는데 그만 그를 놀래고 말았다. 하지만 꿀벌은 멀리 못가 나를 다시 찾아왔다. 내 무관심이 그에겐 무엇으로 보였던 걸까, 친구 한 명을 더 데리고 왔다.

인간관계에서 비롯한 사소한 감정들도 비슷하다는 생각을 해본다. 말 못 하는 생명에게 느끼는 감정이란 말로 표현하지 못해 더 쑤시는 느낌, 적어도 더 쉽지 않다는 말이다.

향기를 파는 꽃집

'꽃을 선물하기 좋은 날입니다'

꽃집 문을 열자, 향기보다 팻말에 적힌 문구가 나를 먼저 반긴다. 오른쪽에 놓여있는 작은 화병엔 이름 모를 꽃들이 꽂혀있다. 딸과 엄마로 보이는 두 사장은 멀뚱히 서있는 내게 하얀 꽃을 권했다. 마침 그날은 하얀색 꽃이 필요한 날이었다.

코를 가까이 대기도 전에 향이 내게 다가왔다. 파릇한 줄기보다 힘없이 늘어진 하얀 꽃이 마음에 든 나는 한 움큼 쥐고 포장을 부탁했다. 하지만 그냥 가져가라는 사장님의 말. 어차피 오늘이 지나면 시들 거라며 이쁘게 포장해 주겠다고 한다. 나는 감사하다는 인사와 함께 안개꽃 몇 송이를 더 사서 밖으로 나왔다.

그런데 사장님이 뒤따라 나오더니

"아 참, 그 꽃 이름이 천리향이에요! 향기가 천리를 간다고 해서 붙여진 이름이에요!"

이젠 멀리서도 너를 알아볼 수 있겠다.

고민을 맡아주는 전당포

영화 '그린북'에서 주인공 발레롱가가 전당포를 방문한다. 시계를 맡기고 50달러를 받아 가는데 전당포 주인이 이렇게 묻는다.

"괜찮은 거지?"
그러자 발레롱가는 되물었다.
"왜 고민도 맡아주려고요?"

그렇게 많았던 나의 고민은 몇 달러였을까.

굳은살

물집이 잡히고 터지는 과정에서 며칠 동안 손을 제대로 쓸 수 없었다. 적당히 아물 때쯤이면 또 터져버리고 새로운 물집이 생기기도 했다. 약을 발라보고 밴드를 붙이기도 했지만 그것도 오래 버티지 못한다는 것. 그냥 내버려 두니 상처가 아물고 생기기를 반복하다 조금씩 단단해진 살이 올라왔다. 사람들은 그걸 굳은살이라고 불렀다. 그렇게 딱딱해지면 운동할 때도 크게 아프지 않았다. 한 번 베이고 두 번 베이고 그러다 통증을 느끼지 못한다는 게 꼭 내 마음과 닮은 것 같았다. 하지만 운동을 조금 쉬면 굳은살은 다시 말랑말랑했던 이전으로 돌아왔다.

와 프렌치 토스트 먹는 걸 좋아한다는 이야기, 비행기에서 뛰어내리고 싶다는 생각을 했다는 것과 마지막으로 시한부를 선고 받았다는 것 까지.

죽음과 함께 지낸다는 건 어려운 일인줄 알았지만 이상하게도 죽음이 날 움직이게 하고 있다고 말했다. 멀리도 많이도 왔다고 생각했는데 그 순간은 처음이라서 설렌다는 그의 말. 그가 건넨 커피를 나는 마시지 못하고 두 손으로 감싸고만 있었다.

한국을 떠난지 벌써 반년이 지났다. 아직 내 앞에 놓여진 굽은 길들을 보니 내게 '벌써'라는 단어는 어울리지 않는 것 같다고 생각했는데, 그가 말한 굽은 길은 생각보다 아름다운 길이었다.

종착역

떠나가는 기차를 붙잡지 못하고 가만히 서 있었습니다. 내겐 간직해야할 기억들이 너무 많았기 때문입니다.

미열

머리에서 시작된 열꽃은 내 가슴에서 활짝 피었다. 시들때까지 아프지 않았지만 저물고서야 눈물이 흐르기 시작했다.

유독 추웠던 날

날씨가 쌀쌀해진 11월, 우유 배달을 시작했다. 자전거로 이리저리 살피는 새벽 골목 풍경이 마음에 들었다. 펑퍼짐한 달과 어스름한 가로등 불빛은 그 시간에만 마주할 수 있는 것이었다. 길고양이들이 누리는 세상이었다. 느긋하다가도 나와 눈이 마주치면 슬며시 숨는 친구들. 나는 반쯤 먹다 남은 우유를 먹기 좋게 놓아 두는 것으로 그들의 문을 조금씩 두드렸다.

그후로 하나씩 무료로 나오는 우유를 먹지 않고 보관해뒀다. 그리고는 고양이가 다니는 길목에 놓아 두었다. 따스한 눈빛과 넉넉치 않은 손길로 내 마음을 전하는 건 쉬운 일이 아니었다. 조심스럽게 우유를 놓고 멀리서 지켜보기를 얼마간 반복했다. 그러나 막상 고양이들이 내게 다가오자, 나는 덜컥 겁이 났던걸까.

　서로가 가까워진다는 건 마음을 쓰는 일이었다. 그건 내가 그들 때문에 눈물 흘리게 될 수도 있다는 말이었다. 그렇게 되면 나는 떠나야만 할 순간에 떠날 수 없을 것이 분명했다. 그렇게 날이 춥다는 이유를 둘러대고 우유 배달을 그만두었다. 비겁한 일이었지만 그건 쉬운 방법이었다.

　어느새 하얗게 변한 골목. 옥상에서 내려다보는 하얀 길 위엔 작은 눈꽃들이 찍혀 있다. 모두 어디로 숨은걸까.

　몸을 한껏 웅크려 햇살을 쬐고 있는 노양 고양이를 보았다. 우유를 들고 그곳으로 향했다. 담장 위에서 내려다 보는 노란 뒷모습엔 앙상한 뼈마디가 드러나있었다. 담벼락 사이에서 겨울잠을 자고있는 걸까. 아니면 사랑하는 이가 돌아오기를 기다리고 있는걸까.

　불러도 아무 대답없는 그의 등 위로 자켓을 벗어 덮

어줬다. 가로등 불빛이 내릴 때까지 나는 그곳을 떠나지 못했다. 올해는 작년보다 따뜻한 겨울이 될 거라고 그랬는데.

길고양이가 되는 방법

눕고 싶을 때 눕고 자고 싶을 때 자는 길고양이 한 마리가 있었다. 그는 여유롭게 그림자를 따라다니다가 일몰 때쯤 하늘을 뚫어져라 쳐다보곤 했다. 하루는 몰래 그의 뒤를 밟았다.

한참을 따라가다 언덕의 끝에 도착했다. 먼저 올라온 그는 가만히 앉아 헐떡이는 나를 지켜보고 있었다. 그리곤 홀연히 숲 속으로 사라졌다. 가뜩이나 숨도 찬데 그 자리에 주저 앉았다. 벌써 손바닥만해진 마을, 꼭대기에서 내려다 본 길 위에는 그를 쫓으며 만났던 것들이 놓여있다. 울퉁불퉁한 자갈, 흩날리는 바람, 그리고 지친 내 모습들.

　세상을 누비는 동안만큼은 묵은 걱정들 훌훌 털어낼 수 있을 것만 같았는데 막상 돌아보니 내가 떨친 건 거친 숨소리 뿐이었다. 뒤쫓는 나를 보고도 도망가지 않는 고양이의 여유로움은 그저 내가 바라보는 모습이었던 걸까.

　언젠가 때가 오겠지를 기다리고 또 기다렸지만 변하는 건 늘어난 생각뿐이라는 걸. 흘러가는 시간들을 붙잡아두지 말 걸 그랬다.

꽃샘 추위

저 건너편에서 솟아나는 밝은 빛을 보고 봄이라는 단어를 붙여 따스함을 연상케했지만 정작 내가 생각해야 할 건 봄이 아니라 겨울이었다.

사랑의 층위

사랑을 외면하진 않았지만
설렘, 떨림, 두근거림을 외면하고 있었던 거다
무언가를 하나씩 펼쳐보면 그대가 볼 것이라고
생각했지만
정작 그 마음은 나에게만 펼치고 있었던 거다

따뜻한 겨울

꽃이 피면 겨울은 녹을 거라 생각했지만
그대를 바라보는 동안, 나에겐 겨울이 찾아왔습니다
그래도 춥지 않은 겨울이었습니다

시월의 달

　자전거를 타고 한강을 가로 질렀다. 길게 늘어진 다리 위에는 새벽 공기만 남아있었다. 이럴줄 알았으면 유리 병이라도 가져올 걸 그랬다. 내게 옮겨진 작은 별들을 그냥 내버려 두었다.

　그동안 크고 작은 일들이 있었다. 울부짖었고 때로는 목말랐다. 내게 슬픔이 없었다면 사랑은 있었을까. 아무리 걸어도 사라지지 않는 비겁함과 내 속에 깊이 박힌 찌질함은 어디다 두고 가야하나. 그냥 한강 다리를 가로지를 때즈음이면 모든 생각들이 내곁에서 떠나길 바랬다. 하지만 곧 미지근해진 밤공기는 빗줄기를 만들었고 내 마음을 먼저 적셨다. 이윽고 내 안의 별들을 집어 삼키기 시작했다. 역시 생각대로 되는 건 없다는 생각을 했다. 누군가의 마음으로부터 멀어지는 건 비겁한 것이 아니고 근사한 일이라는 생각을 했다.

　홍시같은 달이 생각나는 새벽이었다. 살구같은 네 얼굴이 그리워지는 새벽이었다.

작년 겨울

그 해, 가만히 눈감고 있는 것조차 싱그러웠던 봄

하지만 유난히 작년 겨울이 그리웠다

너는 겨울을 닮은 사람이었다

현실적인 낭만주의자

나는 무언가를 시작하기에 앞서 생각을 기록하는 버릇이 있다. 하고자 하는 것이 가능할지, 어떤 식으로 진행해야 하는지 꼼꼼하게 나만의 방법을 적는다. 흔히들 이 과정을 계획이라고 불렀고 그런 나를 친구들은 현실적이라고 표현했다. 하지만 내가 기록하는 것들은 계획이 아니었다. 예를 들면 "나에게도 추운 겨울이 왔습니다. 겉은 단단하고 속은 영양가 많은 호두 같은 것을 심어야겠습니다. 그럼 겨울에 여러모로 쓰임새가 있겠습니다." 이런 식이었다. 이렇게 적어두면 나만이 의미를 알 수 있는 글이 된다. 사람들이 이것을 보면 몽상이라

고 부르겠지만 나는 그제서야 계획이라고 말한다. 친구
들은 나를 비현실적이라고 말하겠지만 나는 현실적인
낭만주의자라 불리고 싶다.

저 녁 놀

글에는 아름다움을

　'별 헤는 밤'처럼 누구나 아는 제목이지만 속에는 나만 찾을 수 있는 의미가 있듯, 글에는 세상 아름다움을 숨길 수도 있고 보여줄 수도 있다.

　2년 전의 이야기다. 이른 아침, 신문 기사를 몇 개를 들춰보고 있는데 문자 한 통을 받았다. 지난 밤에 품었던 원고에 대한 꿈들은 흐릿해졌지만 잠깐 얼굴 붉히면 가슴 설레는 일들이 생기곤 했다. 그렇게 아침 햇살같은 인연이 시작되었다.

　돌이켜보면 그 우연한 만남이 나의 내면을 깊게 성찰하고 나를 알아가는 시발점이 되었다. 나는 글과 삶에 대해 내 생각들을 주저없이 나열했고 편집장님은 문학작품이나 일상의 사례로 조리있게, 가끔은 두루뭉술하게 설명해주셨다. 그럼 나는 이해되지 않는 문장들을 곱씹겠다며 밤 잠을 설쳤다. 그렇게 일년을 헤매었다. 내게 글이란 무엇이었을까.

공학을 전공한 나로서는 글이라는 길 위에서 아주 서툰 마라톤 선수였다. 그저 어둠을 공부하면서 빛에 대해 조금씩 알아 갔고 희망을 품으며 좌절을 배워갔다.

나는 짙은 안개속에서 늘 불안에 떨어 왔었다. 그런 나를 편집장님은 끝까지 보듬어 주고 위로해 주셨다. 처음에 이 글은 완성되지 못할 글이었다. 미완의 글을 완성으로 이끌어주신, 그리고 내 안의 숨겨진 모습을 볼 수 있게 해준 최연 편집장님. 내가 가장 하찮고 볼품 없었을 때, 나를 믿어준 스승님께 다시 한번 감사하다고 말하고 싶다.

그리고 마지막으로 길 위에서 만난 내 사람들에게, 책의 마지막 페이지를 빌려 진심으로 감사한 마음을 전한다.

슬픔이 너에게 닿지 않게   초판 1쇄 발행   2021.03.02

펴낸이   최대석
지은이   영민
기획   최연
편집   최연, 정지현
디자인1   여우고양이, 김진영
디자인2   이수연, FCLABS
마케팅   김영아

            펴낸곳   행복우물
            등록번호   제307-2007-14호
            등록일   2006년 10월 27일
            주소   경기도 가평군 가평읍 경반안로 115
            전화   031)581-0491
            팩스   031)581-0492
            홈페이지   www.happypress.co.kr
            이메일   contents@happypress.co.kr
            ISBN   979-11-91384-01-7 (03810)
            정가   13,800원

사랑이라서 그렇다

금
나
래

에게 내가 있다는 말 같아서 조금 더 다가서 본다 흩날리는 홀씨처럼 가볍게 불어낸
이어도 내 전체에 퍼져버려 코트 깊이 숨겨 놓은 마음을 너의 주머니 속으로 슬며시

김경미의 반가음식 이야기

〈여성조선〉 칼럼에 인기리에 연재된 반가음식 이야기 출시

김경미 선생이 공개하는 반가의 전통 레시피

하나. 균형잡힌 전통 다이어트 식단

둘. 아이에게 좋은 상차림

셋. 몸을 활성화시켜주는 상차림

넷. 제철 식단과 별미음식

전통음식 연구가이자 대통령상 수상 김치명인인 김경미 선생은 우리 전통음식의 한 종류인 '반가음식'을 계승하고 우리 전통문화의 멋을 알리고자 힘쓰고 있다. 대학과 민간연구소에서 전통음식 연구에 평생을 전념했다. 김경미 선생은 국민훈장 목련장을 수상한 바 있는 반가음식의 대가이신 故 강인희 교수의 제자이다.

[Instagram] banga_food_lab

삶의 쉼표가 필요할 때
낙타의 관절은 두 번 꺾인다
옷을 입었으나 갈 곳이 없다

꾸준히 사랑받는 행복우물의 여행에세이/에세이 시리즈.

베스트셀러 작가가 되어버렸다! 금감원 퇴사 후 428일간의 세계일주 꼬맹이여행자의 이야기를 담은 〈삶의 쉼표가 필요할 때〉, 암과 싸우며 세계를 누비고 온 '유쾌한' 에피 작가의 〈낙타의 관절은 두 번 꺾인다〉, 아름다운 문장으로 펜들의 마음을 사로잡은 이제 작가의 〈옷을 입었으나 갈 곳이 없다〉, 쉼표가 필요한 당신에게 필요한 잔잔한 울림들.

"손가락 사이로 미끄러지는 빛은 우리의 마음을 헤쳐 놓기에 충분했고, 하얗게 비치는 당신의 눈을 보며 나는, 얼룩같은 다짐을 했었다"
_ 이제, 〈옷을 입었으나 갈 곳이 없다〉

—————————————————— **에세이 여행**